马兰芳华

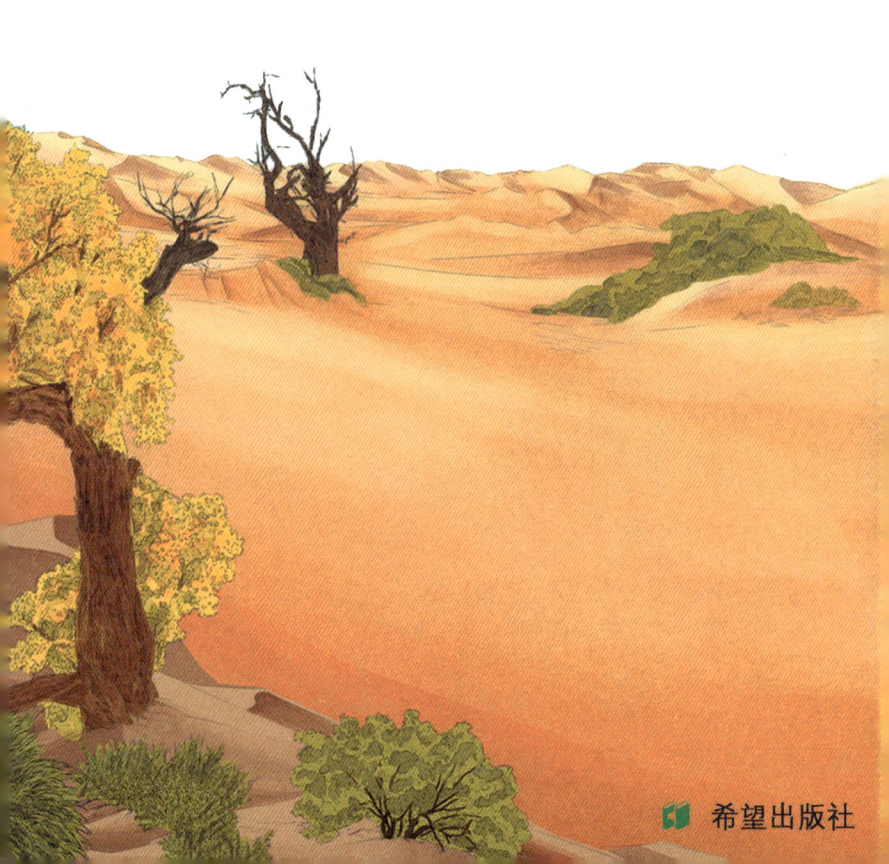

徐鲁 著

希望出版社

图书在版编目（CIP）数据

马兰芳华/徐鲁著. — 太原：希望出版社，2024.3
（向日葵文库）
ISBN 978-7-5379-9002-8

Ⅰ.①马… Ⅱ.①徐… Ⅲ.①散文—中国—当代
Ⅳ.①I267

中国国家版本馆CIP数据核字（2024）第030493号

马兰芳华　MALAN FANGHUA　　　徐鲁 著

出版人：王 琦	美术编辑：郭丽娟
项目策划：田俊萍	插　　图：白廷廷
责任编辑：张保弟	装帧设计：郭丽娟
复　　审：宸源雪	印刷监制：田祥宗　李世信
终　　审：张 平	

出版发行：希望出版社
地　　址：山西省太原市建设南路21号
邮　　编：030012
经　　销：全国新华书店
印　　刷：山西基因包装印刷科技股份有限公司
开　　本：787mm×1092mm　1/32
印　　张：2.5
版　　次：2024年3月第1版
印　　次：2024年3月第1次印刷
书　　号：ISBN 978-7-5379-9002-8
定　　价：26.00元

版权所有，侵权必究

徐鲁，诗人、散文家、儿童文学作家。1962年出生于山东胶东。1992年加入中国作家协会。系中国作家协会第九、第十届儿童文学委员会委员，第五、第六届湖北省作家协会副主席，湖北省中华文化促进会副主席。已出版诗集《我们这个年纪的梦》《乡愁与恋歌——徐鲁诗选》，长篇小说《罗布泊的孩子》《追寻》《天狼星下》《远山灯火》《爷爷的苹果园》，散文集《芦花如雪雁声寒——徐鲁散文选》《几人相忆在江楼》，长篇纪实文学《万家灯火》《此生属于祖国：功勋科学家黄旭华的故事》《驼铃与帆影——丝绸之路的故事》《冰心的故事》《叶圣陶的故事》，评论集《三百年的美丽与童真——徐鲁儿童文学论集》《追寻诗歌的黄金时代》，图画书《我的祖国》《红色油纸伞》《冬夜说书人》《远方》，以及《徐鲁文学选集》《徐鲁作品系列》，共计200多册。作品曾获中宣部精神文明建设"五个一工程"奖、国家图书奖、全国优秀儿童文学奖、屈原文艺奖、冰心儿童图书奖、陈伯吹国际儿童文学奖等。作品被译为俄文、英文、法文、意文、韩文、日文、西班牙文、阿拉伯文等。

引 子

没有到过罗布泊的人,也许想象不到,在这荒凉、贫瘠和风沙肆虐的戈壁大漠上,竟然生长着一种生命力特别顽强又异常美丽的野花,名叫马兰花。马兰花是一种多年生草本植物,属兰科,小花盛开时散发出淡淡的芬芳。春夏时节,在泥土湿润的孔雀河畔,在有水流淌过的荒野上和沟渠边,到处能看到马兰花蓝莹莹的姿容。

当年,前来罗布泊为核试验场选

址的首任基地司令张蕴钰将军，正是因为一眼就看到了盛开在孔雀河畔的马兰花，在用无线电向党中央报告选址位置时，他脱口说出了"马兰"二字，从此，"马兰"这个名字就与共和国的核试验事业紧紧联系在了一起，也成为奋战在罗布泊的英雄儿女们自强不息、坚忍不拔和忠贞无私的精神象征。

马兰地处天山南麓，东连罗布泊沙漠，西接塔里木盆地，距离博斯腾湖大约有10公里。罗布泊，蒙古语称为"罗布诺尔"，意为"众水汇入之湖"。1900年，瑞典探险家斯文·赫定率领一支探险队,由罗布人奥尔德克当向导,艰难地抵达了罗布泊腹地。这位探险家后来在《亚洲腹地探险八年》一书中写道:"罗布泊使我惊讶,它像一座仙湖,水面像镜子一样,在和煦的阳光下闪烁。我们乘舟而行,如神仙一般。在船的不远处,几只野鸭在湖面上玩耍,鱼鸥和小鸟欢娱地歌唱着……"

后来有人分析说,斯文·赫定当时所看到的"仙湖",就是美丽的博斯腾湖。当他们一行离开博斯腾湖,沿着孔雀河继续前行一段之后,映入眼帘的便是一望无际、荒无人烟的沙漠与戈壁。他在书中详细记录了这次历险经过,他的考察队几乎葬身在这片沙漠里。因而他又在书中向世人宣称,这里根本不是什么"仙湖",而是一片可怕的"死亡之海"。

罗布泊荒原也的确不是什么"仙湖"之所。每年五月至八月间,无边无垠的大沙漠上会出现翻江倒海一般的大雷雨和暴雨。盛夏时节,沙海的气温最高可达45摄氏度,地表温度在60摄氏度以上,昼夜温差悬殊。入秋之后,这里不时地会刮起七八级以上的狂风。狂风起时,飞沙走石,天地茫茫,一片混沌。可是,就在这片自然条件极其恶劣的"死亡之海"里,那些先期挺进的建设核试验基地的部队官兵,已经开始了一场"特殊的战斗"。他们在这里开挖地基,拉着巨大的石磙子压路,推着车子飞奔,和泥、拉坯、制砖、打夯……他们为相继抵达的科学家和科技人员们建起了一栋栋营房、办公室、实验室和观察室。他们将一起在这里迎来震惊世界的"东方巨响"!

1961年一开春,经中共中央和中央军委批准,张蕴钰将军率领5万核试验基地建设大军,浩浩荡荡地开进了荒无人烟的罗布泊,来到了离孔雀河不远的马兰。到马兰的数万名中国军人,加上数以千计的科学家、科技人员,在人迹罕至的大沙漠上,悄悄拉开了铸造共和国"核盾"的大幕……

1964年4月,当中国南方已是春

暖花开、桃红柳绿的时候，在罗布泊沙漠上，残冬还在肆虐着，一些红柳丛下还残留着未曾融化的积雪，一阵阵大风沙，夹带着冷飕飕的寒风，吹得人们睁不开眼睛，也望不见远处的道路。夜晚时分，一辆军用卡车在茫茫的、崎岖不平的戈壁上蜿蜒行进。卡车转弯时，车灯的光亮照耀着隐约可见的红柳丛、骆驼刺、茫茫荒原与崎岖的戈壁滩。

在这辆颠簸的大卡车上，坐着罗布泊核试验基地司令员张将军和几位科学家。他们将在这片沙漠里再次完成一些具体的实地考察。在这片远离人世、不为人知的沙漠深处,年轻的共和国调集千军万马,正在为一个足以惊天动地的强国大梦,开始了艰难的征程。新中国的第一个核试验基地及试验现场,已经初具规模。

上 篇

一

　　一位从美国归来的科学家，把一条毛巾围在脖子上，避免风沙灌进衣领里，手里还拄着一根从地上捡来的红柳棍。司令员半开玩笑地对这位科学家说道："亲爱的科学家同志，咱们制造原子弹，就好比让自己握着一根'打狗棍'，有了这根打狗棍，什

么恶狗咱们也不怕了!"

"是啊是啊,你看,司令员同志,我现在手里不正握着一根'打狗棍'吗?"科学家笑着挥了挥手上的棍子。几个人不禁哈哈大笑起来。"噗噗!"没有想到,大家一张开嘴,就被灌进了满口的沙子,于是大家又纷纷吐着嘴里的沙子,一边吐一边嚷:"好一个罗布泊!这叫'未下马,先敬酒',先来一个'下马威'哪!"

"什么'下马威',再倔强的野马到了咱们手里,也要让它乖乖地听话!"他们一边说笑着给自己鼓劲,一边艰难地前行。一会儿步行,一会儿上车，前进了数百公里，才抵达目的地。沿途，他们仔细地考察、了解、记录、核实公路、站台转运、气象、历年气候变化等数据资料。

第二天，一架军用直升机又轰响着飞过了罗布泊上空。博斯腾湖，孔雀河，还有一个个像镜子一样的碱水泉……——闪过。科学家望着下面热火朝天的建设工地，不由得对将军感叹道："司令员同志，了不起啊，这里真正是汇集了千军万马啊！"

将军从小就参加了八路军，是抗日战争队伍里的"老革命"，后来又在抗美援朝前线指挥过多次惨烈的

战斗。他望着下面的基地建设工地，不由得感慨道："是啊是啊，真不敢想象啊，六年前，我带着一支吉普车队第一次闯进这里时，迷了路，好几天都在这里打转转。1960年的这个季节，孔雀河刚刚开始裂冰，我们再次来到这里，运来了两卡车石灰，在这里打下了一根木桩当作记号。那时候怎能想到，这个打下木桩的地方，竟然真的就要成为中国第一颗原子弹的爆心位置了。"

　　这时候,科学家突然想到了一首宋词,脱口念道:"会挽雕弓如满月,西北望,射天狼!"司令员听了,禁不住叫好:"嗯,'西北望,射天狼'!

'锦帽貂裘，千骑卷平冈'！我的同志哟，这很应景啊！"

将军和科学家们这样说笑的时候，飞行员转过头来问道："首长，我们在哪里降落？"将军膝盖上铺着一张军用地图，目光追寻着地图的线路，然后在一个点上停留下来，用红蓝铅笔一指说："还是在这里，马兰！"

二

一个晴朗、月光皎洁的夜晚，司令员又拉着我们的科学家在月光下的孔雀河边散步。

千里荒原，边关冷月，不由得让人生出"江天一色无纤尘，皎皎空中孤月轮。江畔何人初见月，江月何年初照人"的思古幽情。

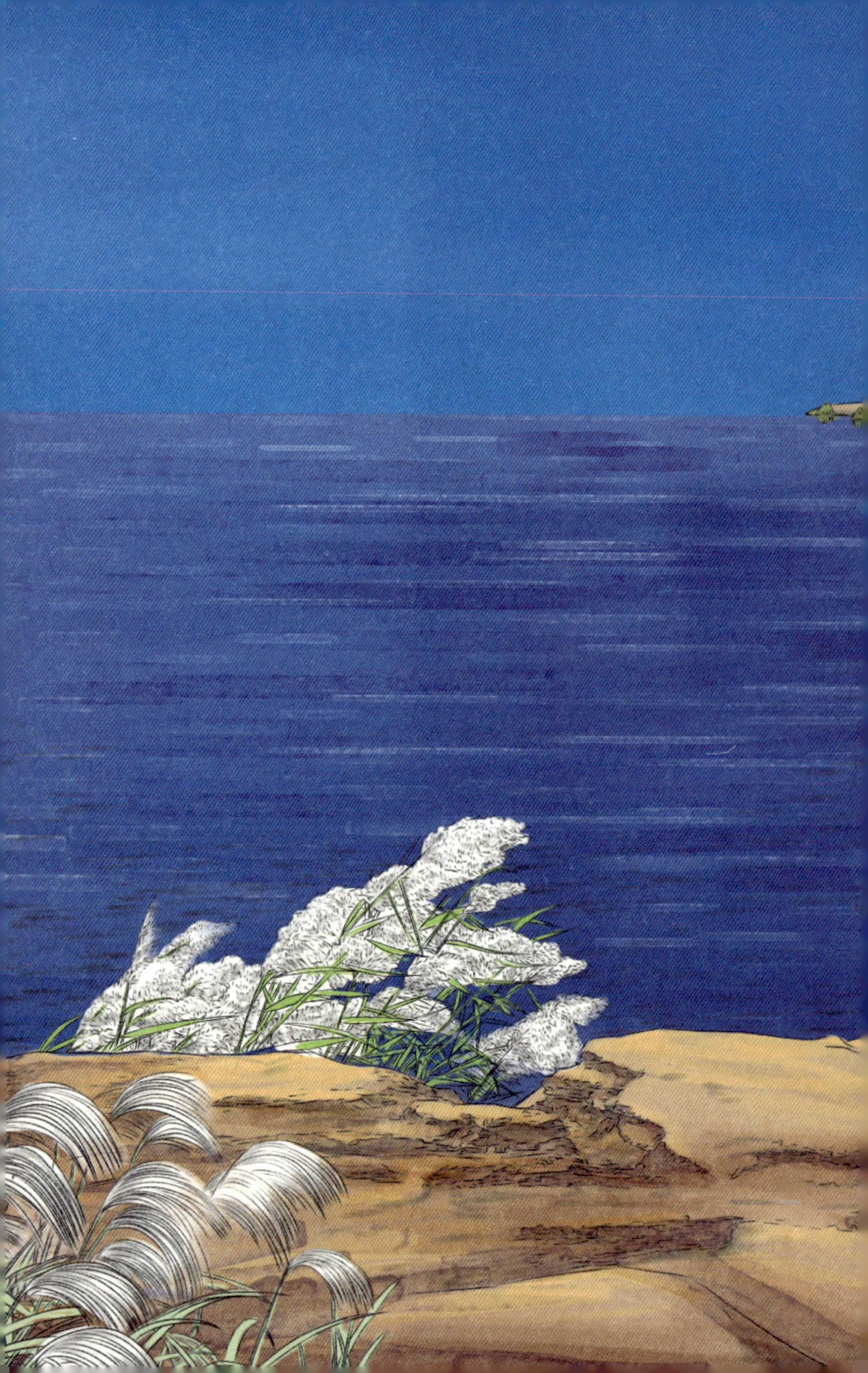

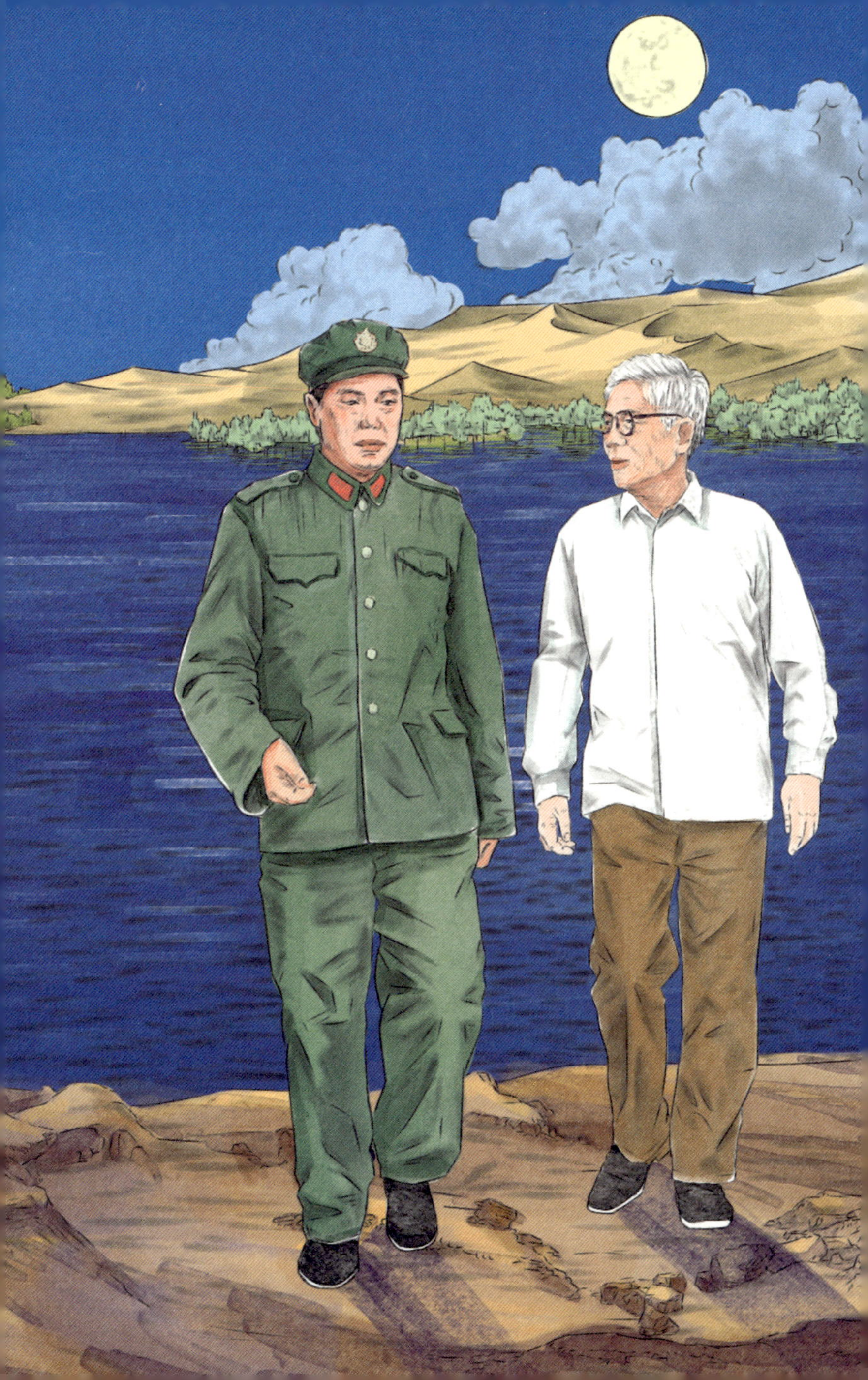

"司令员同志，我们的指战员同志们在罗布泊里睡地窝子、吃榆树皮、喝孔雀河的苦碱水……你率领的这支大军所干的事业，正如'原子弹之父'奥本海默所干的事业一样啊！"科学家对眼前的这位铁塔一般的将军和他带领的钢铁般的将士们，内心里充满了敬意。

"不敢当，不敢当！我的同志，你们这些大科学家、大知识分子，才是这番大事业的主力军哪！当年你们这些生活在国外的大知识分子，一听到新中国成立的喜讯，就毫不犹豫地放弃了国外的各种优厚待遇，想方设法回到了新中国的怀抱……"

"是啊,我们这些人,都是从旧中国走过来的,那些帝国主义国家带给我们这个民族的耻辱与苦难,大家都亲身经受过。这是我们每一个中国人永远的伤痛!因为新中国的诞生,我们这个多灾多难的国家和民族才有了指望!我们的人民真正站起来了,帝国主义再也不敢任意欺凌我们。我相信,现在大家的心情是一样的,是我们为祖国贡献力量的时候了!"

听到这里,将军的双眸有点湿润了:"说得好啊,亲爱的同志!不过我听说,你们从国外一回来,就无一例外地都从'世界著名科学家'的名单上消失了。"

科学家笑了笑说:"从我们踏进罗布泊的那一刻开始,我想,我们每个人都做出了最终的选择——为了使我们的祖国真正强大起来,真正能够立于不败之地,我们都甘愿一辈子隐姓埋名!"

"是啊是啊,"将军满怀感慨地说道,"如果我们选择了最能为人类的幸福而劳动的职业,那么,重担就不能把我们压倒,因为这是为大家而献身……"

科学家也是一位共产党员,他对

这段话也是再熟悉不过了，很自然地接着念诵道："那时候，我们所感到的，就不是可怜的、有限的、自私的乐趣，我们的幸福将属于千百万人，我们的事业将默默地，但是永恒发挥作用地存在下去。而面对我们的骨灰，高尚的人们将洒下热泪……"

将军对卡尔·马克思的这段名言一直奉若圭臬。当科学家说到这里时，他看到，在皎洁的月色里，将军的双眸里充盈着两颗晶莹的泪珠。

在空旷和清冷的罗布泊的月光下，在万籁俱寂的孔雀河边，一位从战火硝烟中走过来的、战功赫赫的共和国将军,和一位从海外归来的科学家,边走边谈,不知不觉谈到了子夜时分。当他们走回到营房时,熄灯号早已经响过了。

许多年后,将军在自己的回忆录里这样写道:"我们这支英勇的部队战胜各种困难的经历,是一幅波澜壮阔的历史画卷,这支建设大军里的每一个人,都是一段光辉灿烂的文字……"

三

在罗布泊沙漠，还有一个令人惊叹的自然奇观：一株株高大、苍劲的胡杨树，就像一个个勇士挺立在风沙之中。这些已经生长了数百数千年的胡杨树，有的已经死去了，但是它们的铜枝铁干，仍然倔强地挺立着，伸向空旷的天空，仿佛还在倾听那风沙

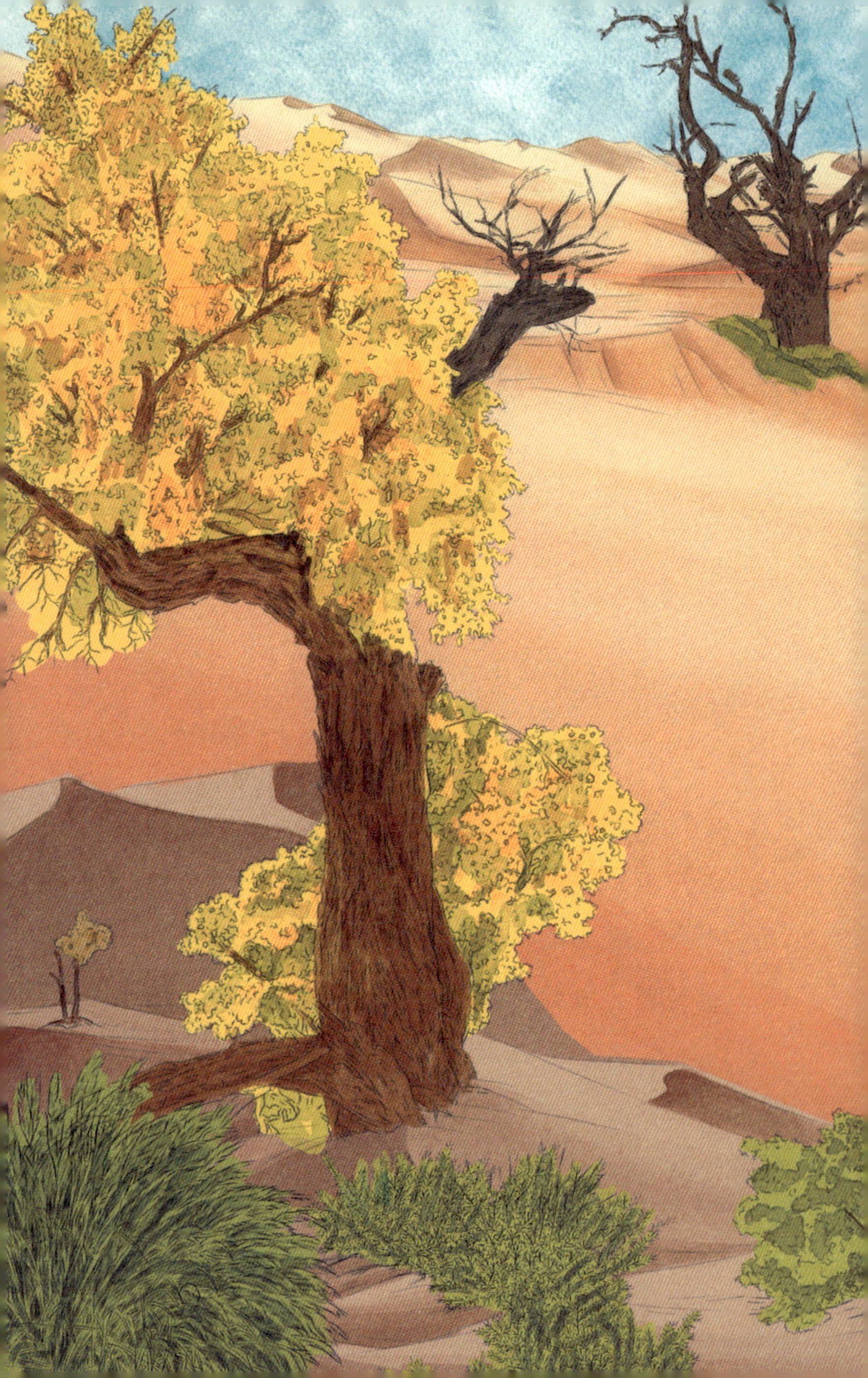

的呼啸。

　　胡杨树是大戈壁、大沙漠上罕见的生命奇迹！只要它们活着，就千年不死；即使它们死了，也千年不倒；哪怕它们倒下了，又将千年不朽！

除了顽强的胡杨树，在苍茫的荒原上，还有红柳丛、骆驼刺、芨芨草……它们同样是一些坚忍不拔的绿色生命。有的红柳丛几乎被掩埋在大风沙中了，露在外面的枝条，还在大风中顽强地摇晃着，向世界昭示着生命的尊严与力量，也向世人诉说着这里环境的恶劣与残酷。

20世纪60年代初，国家经济面临着极度困难，科技工作者们的研究条件、研究设备十分简陋和滞后，在这种状况下，我们的科技工作者们忍饥挨饿，和全国人民一样"勒紧裤腰带"，夜以继日地工作着。他们中的每一个人，一旦进入了这个领域，便都无怨无悔、满怀自豪地给自己写下了这样一句话："一辈子只做这一件事，就是核试验！"人们更是难以想象，他们使用着最简陋的计算工具，包括中国古老的算盘，每次却要计算出数万个以上的数据……

这是何其浩繁的工作量，何其艰苦的运算条件，何其艰辛的劳作与攀登啊！月缺月圆，日升日落，他们洒下了一路心血，一路汗水，一路深情。春花秋月，柳暗花明，他们同舟共济，誓不言败；他们不离不弃，风雨兼程，多少次的披星戴月，多少次的风餐露宿，多少个酷暑严冬，多少次的云蒸霞蔚，多少次的风雨彩虹，他们用心血，用汗水和泪水，黏合着、焊接着他们攀向技术高峰的梦想的"天梯"。

此时，一场瑞雪，正在又一个新年来临的前夕，静静地落在北京城里……徘徊在罗布泊的简易帐篷前，望着漫天飞舞的雪花，我们的科学家明白，一场伟大的战役，正在黄沙漫漫的戈壁滩上考验着他和他的战友们、同事们，考验着新中国的一代科学家和新中国的一代钢铁战士。他们每个人心里也都明白，他们已经进入的，是一个不为人知的战场，是一个看不见对手的战壕。党中央在期待着他们，也在等待着他们取得胜利的那一天！"真是一场好雪啊！瑞雪兆丰年……"他喃喃自语着，禁不住搓着双手，觉得身上好像涌动着无限的力量。

他这时候刚过40岁，正是年富力强的年龄。"男儿何不带吴钩，收取关山五十州"；"黄沙百战穿金甲，不破楼兰终不还……"这一瞬间，他又想到了古代诗人那些豪情壮志的诗句。在他的眼前，又闪现出了沉睡千年的戈壁滩上，夜夜篝火通明的场景，火光中飘荡着将士们高亢的劳动号子声……"是啊,有这样的好同志、好儿女,最后的胜利不属于我们的祖国母亲,还能属于谁呢!"他只在心里这样想着,却并没有说出口。

四

在进入马兰基地核试验场区的半路上,有一处三岔口。那是通往"7区"左侧和"8区"右侧的一个Y字形的上端处,那里有一个属于基地部队后勤部的兵站。兵站有一个美丽的名字叫"甘草泉"。

凡是驻守过甘草泉的官兵都知道

这样一个传说：当年，在勘探核试验基地的时候，有两名探路的战士在沙漠里迷路了，因为又饥又渴，他们昏倒在了戈壁滩上。不知过了多久，两名战士醒来时，发现身边的一丛甘草旁，涌出了一股涓涓清泉，我们的战

士因此而得救了。

"甘草泉"这个名字就像"马兰"一样，也有一点特殊的来历。据核试验基地原副司令员张志善将军回忆：1961年，通往"7区"的道路修通后，在此驻扎着一个道路维修队。有一天，基地的几位首长来到这里，其中一位首长对道路维修队里一位姓郭的队长说，基地司令员和两位副司令员都姓张，你姓郭，干脆就把这里叫"张郭庄"吧。就这样，这个地方暂时叫了"张郭庄"。后来，几位科学家进试验场时，也几次路过这里，觉得"张郭庄"这个名字不美，于是在一次办公会议休息的时候，大家一致通过，给这个地方改名为"甘草泉"。基地还在这股泉水边设了一个永久的兵站，作为进入核试验场区前的一处给养补充点。

啊，戈壁马兰花，大漠甘草泉！马兰花和甘草，都是罗布泊荒原上美丽而坚强的生命的象征。甘草是一种多年生草本植物，根茎有甜味，可以入药。"甘草片"的主要原料就是甘草。戈壁滩上能见到如此清澈和永不干涸的泉水，真是十分罕见和珍贵。它是大沙漠上的生命之源，也是罗布泊里的一处"风水宝地"。汩汩不息的甘草泉边，芦苇丛生，红柳繁茂，几乎就是戈壁荒原上的一个奇迹。

1993年秋天，那位已是古稀之年的科学家，再次来到罗布泊。他一一看过了自己和战友们在红山营房住过的简陋的住处，眼前闪过了那些艰苦的、却充满力量和激情的青春岁月……

在甘草泉边，他特意蹲下身来，双手捧起清清的泉水，重新尝了尝。他觉得这里的泉水还是那么清凉、那么甘甜！甘草泉的涓涓清流，曾经滋润过他们这代人在追寻强国梦想的岁月里所度过的无数个日月。

他告诉身边年轻的工作人员和战士们:"我们罗布泊人、马兰人,最珍惜的就是沙漠之水,无论是甘草泉的清泉,还是戈壁上的碱水泉。我们这一代在罗布泊里奋斗过的人,几乎有着一样的性格和命运——哪怕在碱泉里泡三次,在沸水里煮三次,在血水里洗三次,也痴情不改,无怨无悔!"

最后,他来到了马兰革命烈士陵园。他没要任何人搀扶,还特意穿上军装,穿戴得整整齐齐,神色庄严地走过那一排排洁白的墓碑,向着每一位牺牲在这里的科学家、技术人员和战士默哀、敬礼。

"战友们，我来看你们了……"每走过一排墓碑前，他都在心里不断地默默说道。还不时地蹲下身来，轻轻地拔除了墓碑前的缝隙里长出的杂草。"同志们，战友们，你们都是国家的英雄和功臣，是中华民族的好儿女！你们安息吧！有一天，当我也走不动了，也要告别这个世界了，我也会来到这里，陪伴你们的……"

下 篇

新中国第一颗原子弹爆炸试验前夕，1964年6月的一天，马兰核试验基地的一位首长，告诉了年轻的林俊德一个喜讯：基地研究所党组织正式批准了你的入党申请，从今天起，你就是一名光荣的中国共产党党员了，祝贺你，亲爱的同志……

在听到喜讯的那一刻，林俊德激动得热泪盈眶，双唇颤动着，却不知用什么言语来表达。"光荣啊，俊德同志！"首长轻轻地拍了拍林俊德的肩头，目光里含着赞许和期待。

1955年7月，17岁的林俊德从福建永春县贫困山区考上了浙江大学机械系。不过，因为家境贫寒，他差点失去念大学的机会。是家乡的党组织和乡亲们，帮他凑够了从永春到杭州的路费。按照录取通知书的要求，早就过了新生报到的日期，机械系迟迟没有见到林俊德的踪影。负责新生报到的老师说：也许不会来了吧？系主任拿过花名册看了看,说:"这名学生家在闽南山区,离杭州路途遥远,再等等吧,一个山村少年能考上浙大,不是件容易的事!"

这位系主任猜得没错,林俊德在来浙大的路上,的确误了一些路程。原因不是别的,就是为了节省下一点路费,所以有好几段汽车路,他舍不得买票坐车,硬是徒步赶到了火车站。当他好不容易找到浙大校园时,机械系已开课两三天了。这个又黑又瘦的山区少年,穿着一身打补丁的衣裳,挑着简易的铺盖担子,赤着双脚走进了校园。

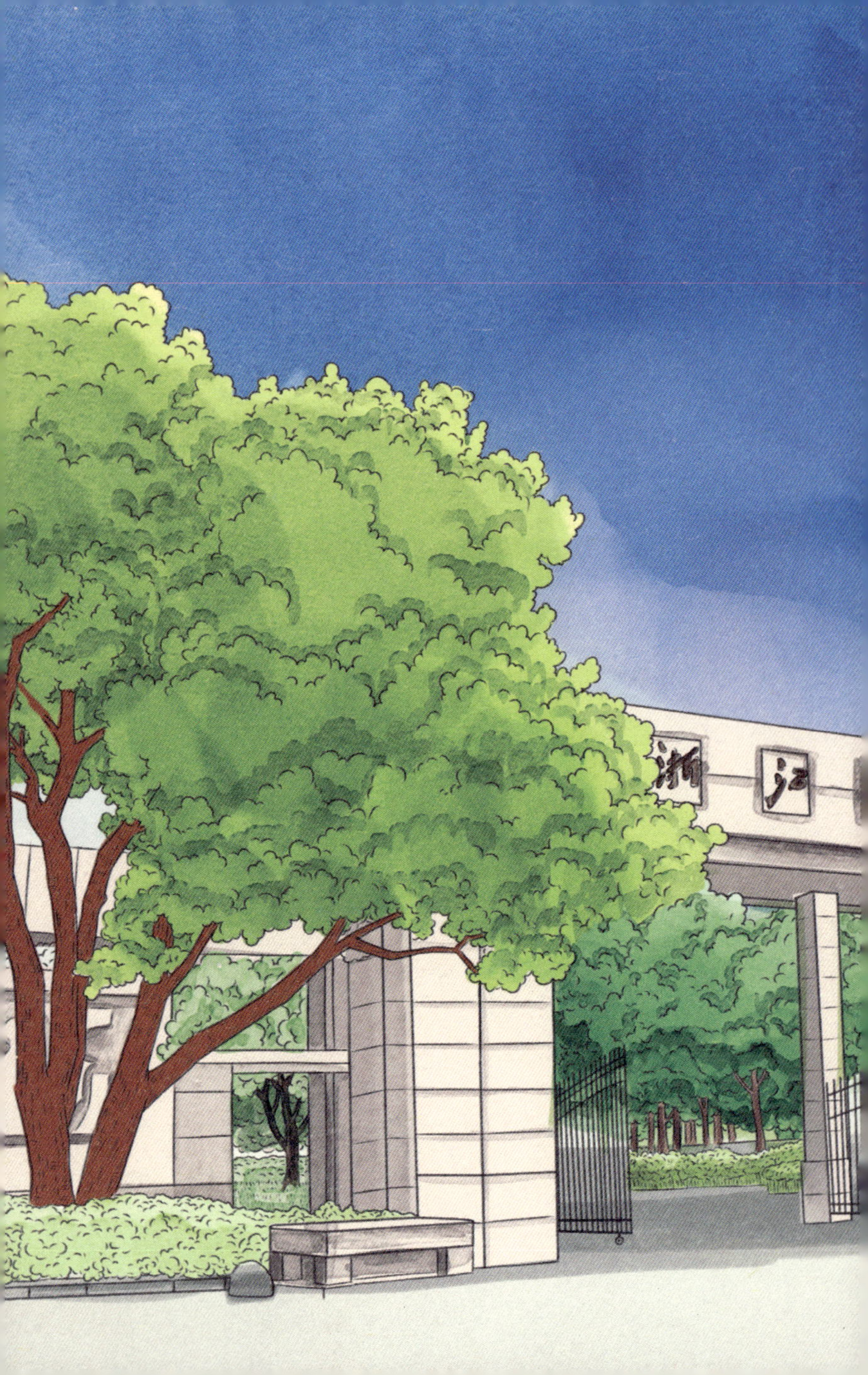
浙江

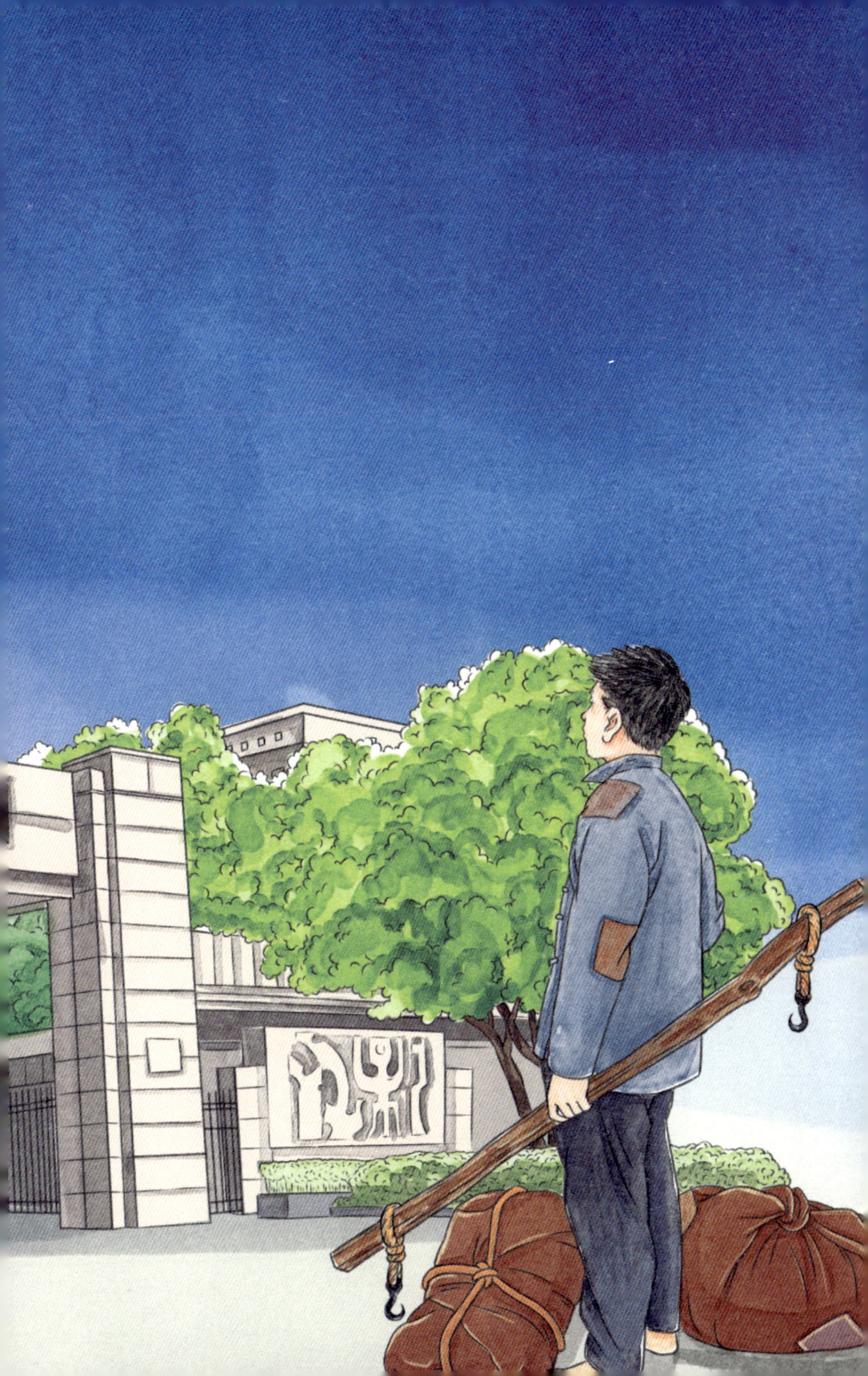

2011年秋天,林俊德70多岁的时候,回家乡参加母校永春一中校庆时,对师生们说道:"我是山沟里穷苦人家出身,如果当时没有党和政府的助学金,我根本上不了中学,也上不了大学,更不可能成为科学家、成为将军和院士。是共产党和新中国,让我'绝处逢生'。我后来所做的一切,都是对党和祖国母亲的寸草春晖般的报答。"

1960年,林俊德从浙大毕业时,被党和国家挑选出来,穿上了军装,踏上了西行的列车。就像突然间从亲人和朋友面前"失踪"了一样,从此，他与无数年轻的大学生、科技人员、科学家和解放军将士一道，恪守着"上不告父母，下不告妻子儿女"的保密纪律，隐姓埋名，进入了与世隔绝的罗布泊荒原。

从1963年起，林俊德作为核爆炸冲击波机测压力自记仪研制小组组长，不仅参加了我国第一颗原子弹、第一颗氢弹的试验任务，也是少数几位参与和见证了核试验的科学家之一。

罗布泊晴朗的夏夜里，满天的星星像晶莹的宝石，显得格外璀璨，仿佛伸手即可摘下。这天夜晚，在基地研究所简陋的小会议室里，两盏小小的电石灯被调到了最亮的亮度，灯光照耀着会议室小小的空间。林俊德和另外四名新党员，由一位政委带领着，面对着挂在墙上的一面鲜红的党旗，庄严地举起了右拳，一句一句地、坚定地宣誓："我志愿加入中国共产党……"随后，《国际歌》的雄壮旋律，从小会议室里传出，久久回响在茫茫的荒原和高远的夜空里……

"如果我们选择了最能为人类的幸福而劳动的职业，那么，重担就不能把我们压倒，因为这是为大家而献身；那时我们所感到的就不是可怜的、有限的、自私的乐趣，我们的幸福将属于千百万人，我们的事业将默默地，但是永恒发挥作用地存在下去……"当时，林俊德和他年轻的同事们，包括他的恋人亦战友（1963年从南京大学物理系毕业后进入核试验基地的黄建琴），都对马克思这段青年时代的誓言耳熟能详，并以此互相鼓励。是一种崇高的信念和热忱，是一颗赤诚和炽热的初心，支撑和鼓舞着林俊德、黄建琴与战友们一起，把美丽的青春和宝贵的时光，无怨无悔地挥洒在茫茫的荒原深处。

在黄沙漫漫的戈壁滩上，在风雪

交加的严寒的日子里,他们睡过地窝子和简易帐篷,喝过孔雀河最苦的碱水;在全国遭受三年严重困难的年月里,基地的粮食供给不足,他们甚至也吃过榆树沟里的榆树叶和榆树皮。为了采集试验数据,林俊德和战友们也曾多次攀登到滴水成冰的天山冰达坂和雪峰上……

"做隐姓埋名人,干惊天动地事。"这是每一位进入罗布泊的英雄儿女的青春芳华的真实写照。以全部的心血、智慧和力量,铸成中华民族最坚固的"核盾",实现新中国国防科技的强国梦想,不负党、国家和人民交给的神圣使命,这是他们共同的目标和最坚定的信念!

二

几年前,我有幸得到一个机会,经解放军总政宣传部有关部门邀请和获准,与熊召政、刘燕燕等几位作家、艺术家一起,进入罗布泊腹地的马兰核试验基地和当年的核试验现场采访和体验生活。这是我永难忘怀的一次采访活动,也是一段刻骨铭心

的精神洗礼之旅。我后来创作的长篇小说《天狼星下》《罗布泊的孩子》，都是献给马兰的英雄儿女们的。

除了林俊德和他的战友当年放飞试验气球的天山雪峰，我们没有登过，林俊德其他足迹所至之处，我们几乎都寻访了一遍，包括爆破试验的大场、第一颗原子弹的爆心、核试验研究所曾经驻扎的红山山谷营房、林俊德一家住过的房子、林俊德做试验的房间等。在某部工兵团的院子里，保留着几个他们初到罗布泊时睡过的"地窝子"，我也特意"睡"进去亲身体验了一下；孔雀河和肖尔布拉

克苦涩的碱水，还有博斯腾湖清清的"甜水"，我们也亲口尝过。

罗布泊腹地有一片狭长和开阔的谷地，仿佛是大自然特意在人迹罕至的地方开辟出来的一片"世外桃源"，千百年来一直隐藏在蜿蜒迤逦的天山和大漠的皱褶里，不为人知。随着核试验的步步推进，从1966年开始，试验基地研究所的所有机构，

陆续告别临时搭建的帐篷区和"地窝子",迁入了位于天山南麓的这片隐蔽的山谷之中。

　　红山营房外面,西北角靠近山脚处,几株白杨掩映着一排干打垒的平房,房子不远处有一条靠山顶的积雪融化而成的小河。一些平房门前的院子，四周用红柳枝条围成矮矮的篱笆墙和小院门。

这里曾是科技人员和后勤人员的宿舍。可以想象一下当年的情景：黎明时分的山谷，火红的霞光映照着附近的山冈、小河、房屋和树木，一声声嘹亮的晨号声，在天空回响。谁也不知道，在这片与世隔绝的山谷里，正埋伏着"千军万马"，不久后的一天，新中国第一颗原子弹将从这里横空出世，一朵巨大的蘑菇云，将震惊全世界！

我们去寻访的时候，山谷里的营

房早已人去楼空。当地的几户维吾尔族兄弟偶尔会到这里来放放羊。春天里天气暖和了，溪流边的马兰花又将盛开；沙枣树和红柳丛也会恢复生机，长出新的蓬勃的枝叶；云雀会在孔雀河边的芦苇林上空，欢唱着飞入云霄；沙鸡之类的沙漠禽鸟，还会在戈壁上飞跑和追逐着……

在第一颗原子弹爆心地区，遍地都是灰黑色的、细碎的石头。不难想象，当时有多少巨大和坚固的岩石，以及一些用于试验的效应物，如飞机、汽车、坦克、房屋、大炮、钢梁等，都在巨大的爆炸中，瞬间化作齑粉。如今，一块巨大的褐红色花岗岩矗立在当年的爆心位置，仿佛一块永久而无言的纪念碑。花岗岩左边，还残存着半截深插在地下的空心钢管，显然是当时支撑起那颗原子弹的脚手架的某个支点。

奇怪的是，在遍布细碎的石头和曾经烧焦的大地上，又长出了一丛丛顽强的芨芨草和骆驼刺。每一阵大漠风沙吹来，它们都会发出有如铜丝一般铮铮的鸣响，仿佛在诉说着英雄儿女们不朽的功绩。

中国核武器事业从无到有，从有到强，离不开党中央的坚强领导与坚定决心，也倾注了奋战在罗布泊大漠深处的数万名马兰人的智慧和心血。有许多部队将士和科学家、工程技术人员都默默地做出了巨大的牺牲，不少人献出了宝贵的生命。

马兰基地创建后，在进场试验或施工爆破中不幸牺牲的战友，就临时掩埋在一片生长着几株高大的胡杨树的空地上。一年又一年，胡杨树下的新坟不断增多。今天，矗立在马兰基地的一座安息着数百名在核试验事业中英勇献身的马兰英雄的陵园——"中国核试验基地烈士陵园"，就是在当年那几株胡杨树下的墓址上落成的。这些共和国的英雄儿女，把青春的热血洒在了戈壁滩上，他们年轻的生命，像天山一样巍峨，也像大漠一样壮阔。

三

从位于红山山谷的生活区营房去往试验场区，要经过一条几公里长的狭长沟谷，因为沟底生长着很多粗壮的老榆树，马兰人把这里称作"榆树沟"。在粮食供给不足的年月里，这些老榆树上的"榆钱儿"和榆树皮，给马兰的英雄儿女们充过饥；老榆树

粗壮的树干和巨伞般的树冠,也为英雄儿女们遮挡过雨雪和风寒。

我们在马兰采访的时候,特意去了趟榆树沟,为的是亲眼看一看一棵足有两人合抱粗的老榆树。在这里组织和指挥首次核试验的张爱萍将军,给这棵榆树命名为"夫妻树"。马兰人没有不知道这棵夫妻树的。这是怎么一回事呢?原来,这棵老榆树见证过一对年轻的共产党员夫妻的一段"奇遇"。

第一颗原子弹试验成功的前一年,即1963年,在北京某部研究所工作的王汝芝副所长,奉命调到罗布泊核试验基地,参与首次核试验任务。对一位年轻的科技人员来说,这无疑是一项极其光荣的使命。王汝芝兴奋得连夜开始收拾行装。

凡是被挑选出来进入基地的人,都必须执行最严格的保密纪律,必须做到"上不告父母,下不告妻子儿女"。临行前,王汝芝编了个理由,对丈夫张相麟说:"我去外地出一趟差。"

张相麟也在某研究所工作。听到妻子的话,他只是平静地说了句:"好啊,注意照顾好自己啊!"王汝芝又叮嘱了一句:"对了,不知道我啥时候能回来,记得写封信给我妈,报个平安,免得她惦念。"

一个月后,王汝芝穿着军装,来到马兰基地。一进试验场她就明白,不用抱和丈夫见面的希望了,连通一封报平安的信都不可能。所以她在老

家的母亲，一直以为女儿被派到国外学习去了。

　　几个月后的一天，王汝芝和几位女同事从试验场回来，刚走到榆树沟时，突然下起雨来了。雨越下越大，她们只好跑到沟里的老榆树下躲雨。不一会儿，又有一些人扛着试验器材跑过来躲雨。突然，王汝芝看见，有一个穿着军装的身影怎么那么眼熟？那个人低着头，提着器械箱，撩起衣服遮挡着雨点，三步两步跑到了老榆树下。

王汝芝好奇地走上前去，扳过那人一看，不由得愣住了，惊喜地叫道："相麟，真的是你啊？你怎么会在这里？"张相麟也像在做梦一样，眨巴着眼睛说："汝芝，你……你不是出差去了吗？"两个人愣愣地看着对方，先是惊喜，继而又会心地相视而笑。

不久，张爱萍副总参谋长来到基

地检查工作,听说了这对夫妻的故事,就特意绕道经过榆树沟,看了看这棵老榆树。一对战友夫妻在互不知情的状况下竟然在榆树下巧遇,这位诗人将军不由地感慨道:好啊!这不正是我们共产党人的"革命浪漫主义"吗?略一思忖,他当即给这棵老榆树起名为"夫妻树"。默默无语的老榆树,见证了一对共产党员夫妻对党的纪律、党的事业的坚守与忠诚。

当年,首批进入马兰核试验基地的,有40多位女同志,分住在5顶临时帐篷里,张爱萍将军也曾为女同志们住的帐篷区取名"木兰村"。黄建琴也是木兰村的一员,她在王汝芝任主任的研究所一室工作。这些女同志,也被后来的马兰人尊称为"核大姐"。

我在西安采访"核大姐"黄建琴时,她回忆说:"当时我与林俊德恋爱两年,虽然都在同一个研究所,却只见过两次面,加起来的时间还不到一整天。不是他进场,就是我进场,互相之间也从不过问去哪里、去干什么,这在试验场区是大家心照不宣、再平常不过的。那棵夫妻树,见证了我们那代人的爱情,更见证了我们对党的忠贞、对事业的热爱和执着。"

"再会编故事的小说家,也虚构不出夫妻树这样的现实故事。"我问黄老师,"你们这些'核大姐',没有一位想写小说的吗?多好的故事素材啊!"黄老师笑着说:"不能写!那时候每个人都明白,既然我们选择了这项事业,就要一辈子隐姓埋名。像汝芝大姐这样的夫妻故事,也只有我们马兰人自己来分享了。"

马兰芳华

四

沙漠上的春天总是来得很晚。当严酷的冬季还没走远,人们苦苦盼望的春天还没有抵达冰封的孔雀河两岸,马兰花坚强的根须,在泥土之下默默存活和忍耐着,感知和谛听着沙漠之上春天的脚步。虽然春天的脚步时常会受到暴风雪的阻隔,但春天的脚步终究是任何风沙和雨雪无法阻挡的。随着残冬的步步退却，蜿蜒的孔雀河畔，辽阔的博斯腾湖边，坚冰开裂，残雪融化，马兰花在所有植物中最先焕发出新的生机和绿意，向人们预报着春天的到来。

马兰花、胡杨树、芨芨草和骆驼刺的顽强的生命，也多像那些牺牲在罗布泊的英雄儿女们的英魂！他们的骸骨和英魂，都已化作了马兰花、胡杨树、芨芨草和骆驼刺的枝枝叶叶，每年春天都会捧出一片新绿，装点着祖国壮丽的山河，也装点着这片铭刻着一代代英雄儿女的奋斗记忆的大漠。

2012年5月31日,已是生命垂危的林俊德院士,在女儿的扶持下,坐在电脑前,为党和国家交给他的使命,一直战斗到最后一息。他留给人们的最后一句话是:"把我埋在马兰……"

凡是在罗布泊马兰核试验基地奋斗过的人,几乎都留下过这样的遗嘱,希望自己能"魂归马兰",与长眠在那里的战友们永远在一起。2014年,林俊德的骨灰也安葬在"马兰革命烈士陵园"里。陵园里巍峨的纪念碑上,铭刻着这样的碑文:"……他们的生命已经逝去,但后来者懂得,正是这种苍凉与悲壮才使'和平'二字显得更加珍贵。"